AF174273

DEVENIR EL OTRO
Número 135
Colección dirigida por Juan Pastor

MÓNICA LÓPEZ SÁNCHEZ

CUADERNO DE BITÁCORA

(Cuento de invierno)

Devenir
el otro
Madrid, 2025

Primera edición, junio de 2025

Cualquier forma de reproducción, distribución, comunicación pública o transformación de esta obra solo puede ser realizada con la autorización de sus titulares, salvo excepción prevista por la ley. Diríjase a CEDRO (Centro Español de Derechos Reprográficos) si necesita fotocopiar o escanear algún fragmento de esta obra.

Diseño: José Ramón Ballesteros de Diego

© Mónica López Sánchez
© De la presente edición:
Proyecto Devenir-Fundación Manuel Álvarez Ortega
Apartado de correos número 5
28991 Torrejón de la Calzada (Madrid)
Teléfono: 918 169 210
Dirección de correo electrónico: pastorj@telefonica.net
Página web: www.devenir.es

ISBN: 978-84-18993-43-5
DEPÓSITO LEGAL: M-14629-2025

Impreso en Imprenta Kadmos
Salamanca
IMPRESO EN ESPAÑA - PRINTED IN SPAIN

A mis padres

Con mi agradecimiento a los libros y mapas de toda una vida, a mis amig@s Profesores de Historia por los senderos trazados, y a los Guías José Carlos Sánchez de Madrid Low Cost y de Arawak Viajes por sus indicaciones.

PRÓLOGO

Navegar por parajes desconocidos fué siempre peligroso para aquellos que no conocían la zona. En la Antiguedad nada se sabía sobre lo que podía haber más allá de la línea donde se fundían el Océano y el horizonte y para poder navegar por el mar los vigías y centinelas de los barcos escribían en un cuaderno todo lo que acontecía durante aquellas horas, de forma que en el «Diario de a bordo» quedaban registradas la climatología, los hallazgos y los peligros de la travesía.

Así se crearon las Cartas de Navegación y los Cuadernos del Barco, que se guardaban en las bitácoras para protegerlos de las tormentas del viento y de otros peligros del viaje. Las Cartas Naúticas mostraban la profundidad de los mares, los escollos y arrecifes, las bahías para descansar y las ensenadas para ocultarse. Los puertos seguros, y también los puertos secretos donde esconderse (cuando era difícil encontrar un lugar seguro donde refugiarse). Mostraban las líneas de costa y dónde hacer escalas. Qué rutas eran las mejores, cuáles eran las peligrosas y cuáles debían evitarse.

Gracias a la visión y resistencia de los vigías y de los que hacían las guardias se anotaban las experiencias para que los demás pudiesen también navegar. Y gracias también a las anotaciones de los «locos», los imprudentes, los exploradores y los que soñaban con descubirir territorios nuevos. El Cuaderno se iba llenando así de escritos, vivencias, notas a pié de página, escalas, dibujos y miradas de triunfo ó miedo según los casos, y especialmente de Guías para los demás navegantes.

Y junto con las Cartas donde se reflejaban cómo eran los mares y las tierras que bañaban estaban las Cartas Astronómnicas. En un tiempo sin satélites, GPSs ó Iphones sólo el firmamento era confiable. La Vía Láctea creaba estelas en el Cielo como las estelas de los barcos sobre la superficie de las aguas, las estrellas eran faros y puntos de referencia y la luz de la Luna iluminaba en la noche el camino a seguir. Y entre el brillo de una noche clara y el mar las olas eran siempre imprevisibles, las corrientes a veces traicioneras, había grutas subterráneas donde ningún ser humano habia accedido jamás, y cuevas y grutas en la superficie que podían ser tanto refugio para piratas como para gente de ley que necesitaba ayuda. Hasta la Estrella Polar que señalaba al Norte no era siempre la misma.

Cartas, cuadernos, bitácoras, astrolabios, mapas, brújulas... todo era poco para poder llegar al punto de destino. Los había que viajaban en mercancías, caravanas, fragatas, buques de guerra, trasatlánticos... y hasta quién se aventuraba a intentar llegar del continente a las islas en barcazas y canoas que se deslizaban sobre la superficie del agua como si flotasen en el aire. Los mapas y cartas abrían senderos nuevos y eran la ayuda para todos los que seguían a los pioneros. Pero el mar siempre se guarda secretos y los marineros no siempre tienen tiempo de contárselo todo a los GPSs y satélites artificiales. Por éso hay cosas que sólo los viajeros que inician el viaje pueden por sí mismos descubrir.

CATEDRAL DE ÁVILA – CATEDRAL DE CRISTO SALVADOR

Proyectada en su inicio como catedral-fortaleza (s. XII) es de estilo gótico y posee influencias francesas. Alcé la vista para captar con la cámara la luz suave que atravesaba las vidrieras, que a modo de velo tamizaban los rayos a su paso, cuando pasó el grupo de turistas siguiendo los pasos del organizador. Llevaban auriculares cubriéndoles los oidos que les explicaban cómo la catedral había sido construida en el siglo XII, que era de estilo protogótico…

(El entorno que me rodeaba era fuerte y agreste.
La catedral-fortaleza, que arrimaba el hombro
para apuntalar murallas que nunca fueron
asaltadas, se alzaba al tiempo a muchos metros de
altura en busca quizás de la Divinidad, horadada
por ventanas y cristaleras que abrían paso a la
luz cada amanecer para iluminar el interior. Y
aunque el terreno firme debe ser siempre
reconocido, merece la pena dirigir los pasos
hacia senderos de luz que aunque menos
transitados, sirven de punto de referencia en
épocas de penumbra).

Ávila 5 de octubre de 2019

LAS MERINDADES DE BURGOS
(...Y LA GUARIDA DEL LEÓN)

Orbaneja del Castillo – Puentededey –
Monasterio de San Salvador de Oña – Frías

(24 de mayo de 2021)

– Hemos llegado– dijo el Guía.

Nos encontrábamos en Orbaneja del Castillo, al Norte de la provincia de Burgos. La carretera serpenteaba en el último tramo del recorrido en forma de curvas cada vez más cerradas. Hace veinte años los senderistas buscaban rutas tranquilas y lugares inexplorados en estos parajes, pero la llegada de excursionistas de fin de semana había alterado por completo y vida y el paisaje de la zona.

El corazón de Castilla estaba habitado por pueblos pequeños, castillos, monasterios olvidados y carreteras comarcales que saltaban a modo de puentes entre poblaciones llenas de historia. Las casas aparecían adornadas con flores, como quién espera una visita de domingo.

Senderos milenarios cruzando aquel lugar siempre los hubo. Rutas de peregrinos, buscadores de sueños, guerreros, foragidos, y al final viajeros de fin de semana habían navegado por aquellos caminos en un movimiento constante. Hacía décadas que tras un horizonte de nieves y heladas, el éxodo rural había favorecido que mucha gente pusiera rumbo hacia el Norte en busca de mejores oportunidades. Pero el Corazón había quedado siempre salvaguardado hasta que la llegada de las nuevas tecnologías y comunicaciones lo habían puesto al descubierto.

Comimos junto al río en Puentededey. El puente resistía sólido y orgulloso el paso de los siglos. El agua corría tan despacio como las horas, que dormitaban tras el mediodía. Las montañas hacían de murallas, y las colinas de torres centinelas. Ví una cascada dibujando trazos en el aire, pero era tal la cantidad de gente que se daba cita allí que tuve que retroceder unos metros y hacer la toma un poco más lejos.

Recorrimos iglesias y criptas, y laberintos de grutas sagradas que ocultaban secretos, y silos subterráneos que los habitantes de aquel sitio habían construido en un intento por sobrevivir hacía mil años. Y había castillos de juguete a modo de souvenir, y también castillos imposibles sobre montes inexpugnables, que emergían como un faro sobre el mar. En el patio del Castillo de Frías la gente subía y bajaba desde el suelo hasta rozar las nubes por sus muros y almenas, y a los pies del castillo se daban cita en las terrazas los que allí vivían y los visitantes.

Junto a los castillos, puentes y mapas de tesoros llegaban coches, autocaravanas, bolsas de picnic dominguero y autocares y autocares de «señoras mayores», todos ellos escapando con el buen tiempo de la ciudad.

Nos agrupamos de forma involuntaria –unas cuantas– frente a la entrada de una casa para poder hacer una fotografía de la parte más alta de una montaña cercana considerada como un punto clave del recorrido, hasta que la propietaria de la casa salió cabreadísima a echarnos de allí con cubos de agua con el pretexto de limpiar el suelo, en

Sobremesa en Hervás (Cáceres)

15

un intento de que volviese a correr el aire sobre las flores del vestíbulo y un pequeño farolillo que habían dispuesto allí para alumbrar.

Cuando regresamos al hotel continuaban llegando autocares. La persona que viajaba junto a mí, conocedor de aquellos lugares desde hacía muchos años me miró: «Ésto está empezando a cambiar», dijo

MÁLAGA

(22 de agosto de 2021)

La salida a Málaga estaba prevista para el caluroso mes de agosto. No dudé ante la posibilidad de ver pueblos blancos y de nuevo, el mar. Tuvimos que atravesar enormes extensiones de cultivos de cereales y olivos hasta divisar el intenso azul del Mediterráneo, que nos aguardaba al llegar. La persona que viajaba junto a mi leía «El Hereje», de Delibes, y en algún punto del trayecto oí una fuerte discusión entre algunos de los viajer@s que nos acompañaban en el viaje. Creí que habría patios con murmullo de agua y gitanillas colgadas en sus muros, pero cambiamos de rumbo y fuimos a visitar un templo budista, que se levantaba altivo como un vigía oteando el horizonte. Habitado por Budas y plegarias hileras de banderines nepalíes de colores lanzaban peticiones al Viento, y al fondo la ciudad de Benalmádena se asomaba al mar. Dicen que en Oriente los peregrinos forman círculos caminando alrededor de las estupas, creando espirales de energía que se elevan al Cielo.

Una brisa suave de tarde de sábado refrescaba el aire en la playa, llena de gente a esa hora por el calor intenso del verano. Constructores de castillos de arena, surcadores de cielos y capitanes de barco se habían concentrado allí, y por un instante y a pesar del gentío todo el mundo contuvo el aliento y guardó silencio, y sólo se oyó el roce suave de la espuma del agua sobre la arena.

El amanecer nos llevó a Málaga capital y pude ver entonces, imponentes, las palmeras guiándonos hacia el sur. La temperatura y el alto grado de humedad hacían el aire denso, casi asfixiante para los visitantes (no he tomado más Aquarius en la vida). Creí que veríamos iglesias y adoquines, pero el camino de palmeras nos llevó a una antigua alcazaba árabe que ocultaba en su interior un antiguo patio de arcos y guerreros y un palacio de cristal deshabitado, y el recuerdo de antiguas casas ya desaparecidas adosadas a sus muros.

Y a los pies de la fortaleza había un teatro, y a su vera un lugar donde la sal valía oro, y cuando seguimos caminando encontramos la torre imponente de una catedral que se mecía en el aire como un junco, y balcones con vidrieras y cristales que la luz hacía brillar en mil colores. El aire olía a café, a mar, a Vermout y a ramilletes de jazmines, y al continuar el camino llegamos a unos edificios blancos y brillantes que su creador había traído del Nuevo Mundo. Al construirlos hizo redondear las esquinas para que el aire corriese libre por las calles, en un intento hacía siglos por vencer al cólera.

Telas de colores en lo alto protegían a los visitantes del calor estival (de nuevo, aquel calor intenso…) y pude encontrar por fin casi escondido el patio con murmullo de agua que la gente cruzaba a modo de puente entre dos lares.

Nos insistieron en que visitásemos el Puerto, con sus tiendas relucientes y su Farola, pero los barcos no salían ya a faenar y esperaban aletargados en el muelle la visita de los turistas, con sus gafas para protegerse del sol y sus canciones de verano.

Había tantas peticiones mecidas como juncos por la brisa¡ Giraban en espiral alrededor de la ciudad...Y alejándonos del camino de palmeras tuvimos que regresar a tierra firme y recorrer de nuevo los mares de olivos dejando atrás el mar, los juncos, las gitanillas y el blanco perlado de la tarde.

VALENCIA

La carretera surcaba el terreno hacia el horizonte, y las nubes se fundían con las cimas de las montañas de la Sierra. A ambos lados se veían campos de cereales y las torres de antiguas ermitas abandonadas. La música ♪♫ inundaba el interior del coche con un aire cálido. Mi amiga se había empeñado en sintonizar Kiss FM para oir canciones que gran parte de la población hoy día ya ha olvidado y saltó una antigua canción rockera, con una letra a golpe entre la rebeldía y el romanticismo. –Estoy hecha una yaya– le dije. Esto ya no lo oye nadie. Las emisoras locales se sucedían a medida que avanzábamos y comenzamos a atravesar una zona montañosa.

Llegamos a una ciudad bañada por un gran río. La neblina de primera hora de la mañana no hacía presagiar la luz meridional que acompañaría el resto del día. En las afueras de las ciudades están los terrenos baldíos, llenos de hormigón y escombros, donde nadie se detiene y que sirven de avanzadilla a los caminos rurales. Intenté divisar el azul del mar y la franja del horizonte sin conseguirlo y comenzamos a navegar hacia el interior.

Y entonces pude ver el mástil principal,como un pilar sosteniendo el Cielo, y la proa del barco hacia Levante, con las velas delanteras sin llegar a estar extendidas en su totalidad.

En mi recorrido ví senderos y plazas,
catedrales góticas y velas por las almas
encendidas, mercados en arrecifes llenos de
puestos de frutas e hilos invisibles que
entretejían el aire y que servían de guías a
los caminantes que poblaban las calles. Ví
terrazas abarrotadas de gente, atardeceres
suaves y el tiempo suspendido en la calima.
Hacia la popa estaban los que se quejaban de
las olas de nuevos tradicionalismos, y
aquellos que se aferraban al pasado sin
conocerlo. Los que clamaban por imponerse, los
recién llegados y aquellos que huían de todos
los demás. Pude ver también las sombras de los
buques asomando a los lejos, y pequeñas velas
blancas sobreviviendo entre ellos. Había
corcheas colgadas en la brisa, y naranjos
centenarios custodiando las puertas de entrada
a la Eternidad. Cuando regresé hacia la proa
aparecieron los mares lunares y las cañas que
invadían el silencio que dejaban aquellos
hilos de seda que se extendían de Poniente al

infinito, los árboles de Ciencia y los lagos
de conocimientos. El mar, a veces tranquilo,
oscilaba en algunos momentos y las nubes
cambiaban de rumbo en una marea constante …

…hasta que reencontramos el rumbo de vuelta. Los fines
de semana y los festivos eran entonces una vía de escape
a la vida tras confinamientos forzosos de mucho tiempo,

y se convertían en hileras de coches buscando huir hacia océanos de aire fresco y luz. Acostumbradas a las cámaras frigoríficas, nos extrañó el sabor dulce de las mandarinas.

(Valencia, 17 de abril de 2022)

UNA PARADA EN EL VIAJE

(...la bahía escondida entre rocas)

Los mercados al aire libre son una constante en ciertas fechas señaladas del año. Los hay medievales, goyescos, cervantinos, romanos... pero atraen multitudes y dan vida a las calles. En ellos puedes conseguir piezas de alfarería, jabones artesanales, objetos de cuero, péndulos mágicos, pulseras de la suerte ó bonitas filigranas de plata. Abiertos a la imaginación de los comerciantes, son un atractivo más de la localidad a visitar.

Van acompañados en muchas ocasiones de competiciones entre arqueros, jinetes y exhibiciones de cetrería. La música llena el aire de notas de color. En nuestra visita a Avila tuvimos tiempo de recorrer el mercado en su totalidad. Una chica nos contó que su hermano había sido campeón de tiro con arco, y allí tuve ocasión también de fotografiar a un bravo guerrero y a una pareja de nobles que habían sacado a pasear a su perro entremezclados con la población. Pudimos ver también a una bella bruja y a una joven reina que tomaba un tinto de verano con su novio. Y a un grupo de músicos con la cara pintada con sus pinturas habituales que tocaban el tambor. Había también tribus más salvajes a las que la gente miraba con temor caminando sobre enormes zancos (ni los Gigantes y Cabezudos saltan

tan rápido), y gente comiendo carne asada con patatas para sobrellevar la jornada junto con algo fresco.

En el Norte los hay con degustaciones de panes y quesos de diferentes tipos, y hay otros que ofrecen delicias de chocolate a los posibles compradores. Refrescos, café, té ó dulces sirven de avituallamiento para que los viajeros puedan sobrellevar la jornada.

La gente aprovecha a hacer selfies, fotos ó visitar el pueblo ó ciudad. Si la fiesta es importante los hay que disponen de un parque infantil para descansar. Y hasta organizan justas, torneos y carreras de caballos. Y hay parejas que son felices celebrando su boda en el castillo local.

Cuando termina el evento, desaparecen como por arte de magia sin dejar rastro…y luego reaparecen en otro lugar.

EL VALLE DE LOS CEREZOS

(29 de mayo de 2022)

Ruta: El Valle del Jerte – Tornavacas – Cabezuela del Valle
– Plasencia – Hervás – Béjar – Oropesa

Le dije al Guía que no quería figurar ni tan siquiera en la lista de espera. Tendría que trabajar ese sábado, y pensé que ya habría una próxima ocasión para viajar allí. Pero me llamó el día antes para decirme que había quedado una plaza libre. Hacía tiempo que las excursiones al Valle del Jerte se habían popularizado con el inicio de la primavera para ver la floración de los cerezos, una maravilla natural. Madrid quedaba atrás y comenzaron a aparecer los campos inmensos llenos de cultivos.

Hace siglos reinaban allí bosques que fueron luego sustituidos por sembrados. Los aerogeneradores, como enormes guardianes vigilantes parecían dirigir el aire a su antojo y a medida que el autocar avanzaba la carretera parecía extenderse aún más.

Comenzaron a aparecer los primeros árboles en lo alto del Valle, llenos de lo que parecían pequeñas bolitas de algodón. Y luego los árboles se convirtieron en ondonadas de cerezos sobre un verde reluciente que reflejaba la luz. La floración había empezado en el fondo del Valle donde las temperaturas eran más altas. La visión de edificios y túneles subterráneos cambiaba el fin de semana por cultivos y frutales que hasta hace un tiempo sólo interesaban a los agricultores de la zona.

Con el mediodía llegamos a uno de los pueblos del Valle. Los antiguos edificios habían sobrevivido al paso del tiempo y lucían orgullosos en sus portalones el año de edificación, entre ellos uno que había pertenecido a la Inquisición. Al final del recorrido de la calle principal había una antigua picota de piedra. Las picotas se utilizaban como castigo a los ajusticiados y a modo de advertencia a propios y forasteros de lo que podía ocurrir con los que no cumplían las –normas–. A los que cometían delitos leves se les emplumaba ó se les mostraba desnudos, y a los acusados de delitos de mayor gravedad se les exponía a trozos después de ser descuartizados.

Dada la gran afluencia de gente a la zona y con un fin de semana soleado no había un sitio libre en las terrazas. Recorrimos una calle a modo de estela con casas de entramado y cafeterías que desembocaban en una cruz de piedra y nos sentamos junto al río. Con el arrullo del agua ví sobre la superficie un camino de piedras que la gente jugaba a saltar para pasar de una orilla a otra.

Aprovechando que había Mercado, cambiamos el rumbo hacia Oropesa (Toledo). La plaza del lugar estaba atestada de gente, y los restaurantes, bares y mesas al sol se repartían entre los que culpaban a los demás de sus desmanes y los que aún seguían esperanzados. Allí pude ver cómo el Diablo atemorizaba a dos pobres monjitas (una de ellas de poblada barba), y al Diablo le seguían dos músicos, uno de ellos marcado por la viruela, y el otro, que tocaba el tamboril, con enormes deformidades. Un Ermitaño de

Sobremesa en Hervás (Cáceres)

ceño fruncido y cara de «repartirlas como panes» recorría el pueblo saltando con enormes zancos, y los dos músicos ♫♪ seguían tanto al uno como el otro.

En la Plaza había además multitud de puestos de comida, perfumes y telas, y camellos portando cargamentos que salían por los aledaños, y cintas de colores que cubrían el cielo en todas las direcciones. Y damas, y caballeros, y banderines y estandartes, y frailes y ánimas desamparadas que de aquel laberinto buscaban la salida… El atardecer y el silencio lo cubrieron todo a medida que avanzaban las horas y retomamos el rumbo hacia otra ciudad: Plasencia.

Llevábamos dos horas de viaje cuando vimos aparecer los paneles fotovoltaicos, y cerca de ellos a las cigüeñas, que habían construido sus nidos sobre postes de madera, árboles y antiguas ruinas, ajenas a aquel signo de progreso. Era la primera vez que se celebraba en Plasencia «Las Edades del Hombre» (lejos de su lugar de origen) y se preveía la llegada de un gran número de visitantes.

La Championsip del sábado hizo que quedasen huecos libres en las terrazas de la Plaza Mayor y el buen tiempo animaba las calles. El inicio del recorrido dentro de la Catedral hablaba de la importancia del pastoreo en la zona, y había una placa enorme labrada en árabe que celebraba la fundación de la ciudad de Mérida. Una voz con «deje» del sur me preguntó en tono seco si estaba autorizada a hacer fotografías y guardé la cámara. A medida que se aproximaba el final de la muestra ví la vela blanca de una caravela que se adentraba navegando en el recinto conmemorando los descubrimientos de nuevas tierras y su evangelización. Las hambrunas de la época habían favorecido que personas intrépidas, incautos y clérigos salieran de allí como una bandada de pájaros en un intento de supervivencia ó para cumplir una misión.

De allí y apurando el tiempo volamos a La Granadilla, un pueblo que mucho tiempo atrás había sido desalojado a la fuerza ante la construcción de un embalse. Una verja abierta, una campana y un castillo almohade recordaban a sus antiguos habitantes, que hicieron sonar la campana antes de irse para que no quedase nadie rezagado y no volver allí jamás. El embalse, que podía verse a lo lejos, nunca llegó a inundar el pueblo y las autoridades rompieron los techos de las casas para que quedasen anegadas con las lluvias y no pudiesen ser rehabilitadas. La localidad era utilizada ahora de día como Granja-Escuela y sólo los claros de Luna eran testigos de si algún espíritu se refugiaba aún allí.

Vimos valles, montes y arroyos de nombres desafortu-
nados que recordaban viejos ajustes de cuentas y antiguas
tradiciones y un camino verde y despejado marcó el rumbo
hacia un nuevo punto de destino. Dos Guías, treinta y un
grados a la sombra y un sol de Justicia nos contaron que
los Templarios, primeros habitantes de aquel lugar tuvieron
que escapar una noche a toda prisa, dejando olvidadas dos
columnas que eran las que veíamos ahora sustentando una
casa que mostraba en su fachada un letrero de «Se Vende»,
esperando que alguien la salvara tras haber sobrevivido
siglos.

«…Nos dirigimos entonces hacia el Corazón del
pueblo, con construcciones medievales que por
fortuna se habían conservado en su integridad. No
había nadie en las calles a esa hora de la sobremesa
y esperé a que se alejaran los demás para fotografiar
a un pequeño gato (había muchos en el barrio) que
dormitaba plácido sobre un altillo. El sol jugaba a
formar pequeños huecos de sombra en las callejuelas,
y a pesar del calor intenso había algunas puertas
abiertas, veladas sólo por cortinas de artesanía para
proteger la privacidad de sus propietarios. La
presencia de personas era sólo delatada por la ropa
de colores que se veía tendida a lo lejos, y a pesar
del campeonato de la Champion's del día anterior el
Silencio se refugió allí roto sólo por el sonido del
agua, y podía verse vida escapar a través de puertas
y ventanas en forma de vegetación y flores…»

Del fondo del Valle, hacia el pueblo de Candelario en las montañas. Había una gran animación por la celebración de la vuelta ciclista. Las pequeñas plazas estaban llenas de niñ@s con globos y abuelas en los balcones. Habían construido pequeños canales en las calles para que pudiera bajar el agua con el deshielo del invierno sin inundarlas, y las entradas de las casas estaban salvaguardadas por puertas asimétricas para protegerse del agua y de aquellos extrañ@s que llegaban siempre con la primavera.

Un pequeño salto más y nos aproximamos al último punto del recorrido. Béjar, en Salamanca. El sol implacable de la tarde seguía obligándonos a protegernos con gafas y botellas de agua. Nos mostraron la histórica Plaza Mayor, el Ayuntamiento y las cruces en las puertas de las casas que en un tiempo fueron su protección. Mucha gente de la comarca había trabajado en la Fábrica de Paños, que tenía a gala haber sido la mejor de la época. Me sorprendió una bonita fotografía de los trabajador@s,a pié y en bicicleta, a la salida de la fábrica. Era de 1964, pero parecía mucho más antigua. El tiempo en el mundo rural camina más despacio. Nos sentamos para ver la proyección del NODO, que explicaba lo que fue la vida allí. El edificio principal, que había quedado como nuevo, estaba bien habilitado, aunque lo único que parecía tener color eran las bobinas de hilo de uno de los antiguos talleres. Vi a través de un gran ventanal un grupo de personas cruzando un puente, y nos dijeron que era el momento de partir.

PORTUGAL

Ruta: Lisboa – Fátima – Óbidos – Nazaré – Tomar –
Belem – Alcabaca – Oporto – Coimbra

(16 de julio de 2022)

«…desde Portugal, a todos los faros del Mundo…»

Faltaban aún horas para el amanecer cuando tomé el rumbo de regreso a casa. Dejaba atrás despacio un país de navegantes intrépidos y barcos de alas de un blanco roto que desde hacía mucho tiempo navegaban siempre cerca de la orilla. Entre un océano y un continente Portugal se abría en forma de olas verdes como un balcón engalanado al mar.

La brisa y loas veletas nos guiaron hacia cruces templarias y castillos que dormían en lo alto de las colinas. Y las escaleras de caracol conducían hacia escuelas mágicas y bibliotecas secretas de libros con olor a canela. Ví pueblos blancos que exhibían orgullosos entandartes medievales, y puentes increíbles que cruzaban ríos sin fin. Habia casas de colores que guardaban las orillas de los ríos en su camino hacia casa. Y casas destartaladas sin dueño que sonreían a los turistas que llenaban las calles.

Escribía notas en mi libreta cuando se fundieron a mi alrededor las notas de café de los fados portugueses con el valenciano de mis compañeros de viaje, sentados en la mesa contigua. Y entre fados y cafés vi tranvías eternos, y hasta algún limpiabotas decorativo, y periódicos y revistas que miraban desde las estanterías anhelantes a que los transeúntes les llevasen con ell@s.

En Lisboa había ascensores que llevaban al desván de la ciudad (había ascensores en aquellas ciudades que llevaban al Cielo), y cerca de allí velas que alumbraban oraciones como la luz suave del mediodía. Las cabinas de teléfono que en un tiempo enviaban sus hilos hacia islas lejanas eran ahora refugio para los libros, y a pesar de la cantidad de visitantes, viajeros y curiosos, siempre había un hueco para aquel que quisiera descansar del calor sofocante del verano y del ruido desatinado de otras capitales.

El último día de viaje, ya al atardecer, se encendió uno de los faros de la costa y varios barcos pequeños comenzaron a adentrarse en el Atlántico.

ALCALÁ DE HENARES

(12 de octubre de 2022)

Sólo una lámina de cristal en forma de bóveda me separaba del Cielo. Escribía unas notas sentada en una terraza, rodeada de gente que había querido disfrutar también de la tranquilidad de un día festivo.

El tren salió temprano aquella mañana llevando consigo a un gran número de viajeros que querían visitar el Mercado, y a través de las ventanillas pude ver que habían desaparecido los campos teñidos de rojo y jaramagos, dejando paso a edificios inmensos y polígonos industriales en pro del desarrollo urbanístico y la accesibilidad a la vivienda.

Los visitantes llegaban como riadas al Centro Histórico de la Villa. Al inicio del Mercado estaban los puestos de libros, y vi a un escribano rellenar con su pluma papeles y pergaminos, ajeno a las miradas curiosas. Mapas, libros antiguos y de reventa, dibujos para niños y re-ediciones de libros olvidados convivían ordenados junto con best sellers recientes y clásicos de siempre.

Me asomé a la puerta de una antigua iglesia (convertida ya en recuerdo) y vi como la luz se filtraba desde lo alto a través de las vidrieras a modo de claraboya, iluminando la zona frente al altar. Varias personas se acercaron entonces a deambular por el claro que se había formado sobre el pavimento.

A medida que recorría los puestos habían dispuesto comida, libros por siempre perdidos, artículos de cuero como brazaletes para arqueros y bolsas para guardar monedas, pañuelos y sedas, perfumes orientales y especias… todo ello envuelto por el aroma del té con hierbabuena. La gente inundaba la Plaza Principal, ya de por sí muy transitada de forma habitual, cuando ví un espacio libre y en su centro a un leproso que hacía sonar una campanilla desde lo alto de su báculo. Las casas de entramado soportaban con elegancia el paso del tiempo, y los arcos y soportales sostenían aún con fuerza la ciudad.

Atrás quedaban los días en que faltaba el suministro de agua y los del pueblo tenían que ir a buscarla a las fuentes, situadas algunas de ellas junto a viejos conventos. Las oraciones y maitines habian sido sustituidas por edificios remodelados y terrazas que abrían de nuevo cada primavera.

Seguían allí, eternas, las cigüeñas, habitando en lo alto de torres y campanarios. Ya no emigraban a Africa con la llegada del otoño y las primeras nieves. Vivían en sus nidos de manera permanente, deslizándose en el aire lejos de aquellas latitudes.

Pregunté por el río, que quedaba lejos del punto en que me encontraba, pero me dijeron que nadie paseaba ya por sus veredas ni se refrescaba en él para protegerse del calor del verano.

Los turistas visitaban la Casa de Cervantes en un entrar y salir incesante de selfies y pasé por talleres de alfareros y tiendas de almendras y dulces. Crucé por un antiguo patio bañado por el sol y en el que apenas había gente (cuentan que sus antiguos moradores salieron de allí de puntillas y abrigados por la noche llevándose con ell@s hasta sus candiles) y llegué a una terraza donde sólo una lámina de cristal en forma de bóveda me separaba del Cielo. Pedí un café y tomé algunas notas, pero a medida que avanzaban las horas comenzó a llegar cada vez más gente y entendí que era el momento de irme. Con el aroma de aquella primavera en otoño dejé volar mis notas libres en el aire.

TOLEDO, LAS GÁRGOLAS SIN CATEDRAL Y EL MISTERIO DE LAS LLAVES DESAPARECIDAS

(6 de diciembre de 2022)

He podido visitar Toledo en muchas ocasiones en mi vida, siempre con pasajeros diferentes. En aquella ocasión caminábamos por la Senda Ecológica,una ruta de ascenso a la ciudad agradable y que recorría las veredas del Tajo, como un puerto en su camino hacia el Atlántico. La temperatura era primaveral aquel día de diciembre y contemplábamos cómo las aves sobrevolaban la superficie del agua, alejadas de peatones incómodos. La Senda podía ser recorrida de forma fácil en deportivas y dejaba asomar por momentos pasajes de Historia en los locales abandonados y en las pisadas de los caminantes.

Alli coincidimos a la ida con carritos de bebé, mascotas, «héroes» de parques infantiles, proscritos, fans de camisetas con mensaje y todos aquellos que querían dejar atrás carreteras y ciudades.

La ciudad los días festivos albergaba multitudes, recibía turistas amantes de lo desconocido y acogía a todos aquellos que querían patear sus calles.

En el Puente de San Martín había gente desde primera hora del día. Unos, los más madrugadores, paseaban hacia la otra orilla y se entretenían mirando el horizonte mientras sentían en su cara el aire fresco de la mañana. Otros, más intrépidos, intentaban llegar al otro lado lanzádose en tirolina en un salto que terminaba alcanzando el punto de destino con ayuda de Guías expertos en evitar caídas al vacío.

En lo alto del Monte y dentro de sus murallas, Toledo era –todo–.

La ciudad extendía sus brazos en forma de puentes que vencían al río como enormes pasarelas. Dentro, las torres de la Catedral y de las iglesias miraban altivas hacia el exterior, y estaba custodiada por seis puertas de acceso, subterráneas alguna y escondidas otras.

La Puerta de Alcántara (oculta durante siglos) había sido construida acodada en su entrada para un mejor control de personas y mercancías. Y los más sabios hablaban de otra puerta secreta, cubierta a los ojos, diseñada para sofocar posibles revueltas y motines internos. Alguien la descubrió tras revisar muchos planos bajo restos de cerámica de siglos de trabajo, y lo que en principio parecía una puerta secundaria acabó figurando como un pasillo con escaleras de bajada que tuvieron que restaurar.

Los libros amarilleados por el tiempo contaban que el suelo bajo nuestros pies ocultaba un teatro y un circo romanos, y hasta villas y calzadas, pero nadie recordaba ya aquello envueltos en la música y el bullicio de la Plaza y la afluencia de turistas.

La Plaza del Zocodover era un hervidero de gente, cafeterías, restaurantes y terrazas. Los helados del verano se fundían con los mazapanes y dulces de Navidad. Las callejuelas que desembocaban en la Catedral, (llenas de comercios), se llenaban de algarabía los festivos, y el silencio sólo regresaba los tranquilos días de entre semana cuando la gente que trabajaba allí volvía a su actividad

Puente de San Martín. Toledo

habitual. La luz del atardecer iluminaba la torre catedralicia y los selfies y paseantes de rutas de senderismo se entre mezclaban con los vestidos y las fotografías de boda para el recuerdo.

La tarde avanzaba y comenzaron a aparecer las primeras luces en el Cielo invernal. Madrid parecía estar cada vez más lejos y decidimos regresar antes de que la ciudad cerrara sus últimas puertas y pasadizos invisibles. Descendimos –personas por montones– por las escaleras mecánicas a tierra firme. Una enorme puerta nos aguardaba al salir. Luego hubo un último café, una estación de Renfe de aspecto vintage y una conversación hasta la llegada (y hasta la próxima visita)

SORIA

Ruta: Madrid – Agreda – Numancia – Soria – Madrid

(29 de enero de 2023)

Los viajeros guardaron los móviles (y hasta alguna que otra tablet) y comenzaron a ponerse la ropa de abrigo. La sensación térmica era de -3°C y aún había que descender por un abrupto camino al fondo del Valle. Navegábamos por una tierra teñida de fuego y ocres, entre senderos de agua que morían en mares diferentes. El terreno junto al río era de un verde intenso, y el Viento nos dijo que si callábamos oiríamos las corrientes de agua subterránea, y nos dijo también que los animales ya no querían beber agua del pozo alto.

Aquella región había sido tiempo atrás tierra para campo de batallas. La gente tenía miedo y construyó castillos y murallas para protegerse. Y tan fuertes construyeron sus murallas que ningún vendaval había sido capaz de derribarlas, haciendo que aquel territorio siguiese siendo un lugar poco invadido desde el exterior.

Siguiendo el cauce del río llegamos a Ágreda. La Villa parecía elevarse al fondo del camino, como si cuerdas invisibles tirasen de ella hacia arriba. Algunos de los compañer@s de viaje que caminaban delante de mí buscaban un sitio para comer, y entré con ellos en la Cafetería para pedir un café que ahuyentase aquel aire gélido. Las notas de «True» de Spandau Ballet llenaban el interior y me acercaron un café en una taza que parecía casi artesanal y con dos azucarillos. Aprovechando la luz de la sobremesa los del pueblo se daban cita en el local aquel sábado. Hablaban entre ellos y en lo que tomaban carajillos nos preguntaron cómo estábamos allí con aquel día tan frio. En la Plaza los gatos se mostraban amistosos, señal de que otros nos habían precedido. Y había un trazado que nadie recordaba ya quién había construido donde el Viento y las leyendas allí marcadas nos contaron lo que un día en Agreda ocurrió: «…hace muchos años vivían en aquellas calles vecin@s que a pesar de hablar lenguas distintas convivían entre sí. Pero una noche de invierno muchos tuvieron que escapar dejando sólo por rastro las casas que habitaban. Los que pudieron quedarse intentaron mantener los edificios, pero la dureza de la vida en aquellas tierras hizo que, a pesar del esfuerzo, la mayoría quedasen semiderruidos. Los habitantes del pueblo entonces guardaron con cuidado cada piedra por si algún día tensaban una nueva cuerda del el Cielo y podían de nuevo levantarlos en el aire.

Había también arcos en forma de herradura, y hasta un palacio que los lugareños mostraban orgullosos y donde hacían sonar instrumentos musicales. Las iglesias por contra no habían corrido tanta suerte y la falta de presupuesto había hecho que las paredes apareciesen tristes y desconchadas. Algunas imágenes religiosas se escondían en la penumbra para que nadie notase el paso del tiempo. Alguién apuntó a que habia dibujada en el altar mayor la figura de un diablo con tetas, propia de la iconografía de la época, y habían podido cambiar de sitio los confesionarios

Numancia. Soria

para que no estorbasen a los que aún escuchaban misa. También habían podido restaurar, por suerte, los retablos, que en otros tiempos ponían luz allí donde faltaba el brillo de las velas. La sensación térmica seguía descendiendo, las campanas de la iglesia marcaban a destiempo y la noche lo envolvía todo por lo que tuvimos que retirarnos para salir con la primera luz del alba hacia Numancia.

El yacimiento parecía estar en el epicentro de un gran páramo donde la vista se perdía. Habían podido desenterrar una gran parte del hallazgo, aunque no todo (de nuevo, aquella dichosa falta de presupuesto…). Los rayos del sol iluminaban la mañana, el Viento guardó silencio y una Guía local (de allí de toda la vida) que aguardaba siempre a los caminantes se situó frente a nosotr@s y nos contó su historia:

«…Los Imperios siempre ponen pretextos cuando quieren conquistar algo, y con Numancia el pretexto fué que habían dado cobijo a unos enemigos de Roma. La verdad era que el lugar estaba situado en una posición estratégica en lo alto de un cerro y cercana a un río y a importantes rutas comerciales. Así que cercaron la ciudad e intentaron asaltarla durante veinte largos años. Pero la destreza de los numantinos con sus espadas de hierro y, más que éso, la desidia de los soldados romanos, que acabaron tomando aquello como una forma de cubrir el expediente militar, hicieron que el asedio se convirtiese en una larga estancia. El Senado, harto y con prisa por seguir expandiendo el Imperio decidió enviar allí a su mejor general: Escipión el Africano («El Menor»). Escipión llegó al sitio, se cabreó, metió a los soldados en cintura y en pocos meses conquistó el lugar. La población, viendo lo inminente agonizó en momentos muy duros: prendieron fuego a lo que quedaba, muchos se quitaron la vida, y los que sobrevivieron fueron vendidos como esclavos. Escipión además exhibió a algunos de ellos maniatados por las calles de Roma a modo de trofeo. O al menos es lo que nos ha llegado de los historiadores romanos, porque si hubo escribas numantinos jamás se supo…»

Y allí estábamos nosotr@s, un grupo de forasteros caminando entre las piedras, pisadas, pozos de agua de lluvia, símbolos solares y antiguos pórticos romanos posteriores a la «captura» haciendo fotos con un Android.

Los dibujos del agua nos llevaron hasta los senderos del Viento, llegando a un punto del camino donde éste se bifurcaba en dos. Y bordeando el río, inmenso y tranquilo, llegamos a la ciudad de Soria.

La sensación térmica subió un grado y el sol iluminaba las calles y blasones. Si alguien había salido aquel domingo a compartir el aperitivo con los demás, descansaba ahora en casa. Recorrimos plazas y caminos nuevos y me sorprendió que la dueña del bar en el que comimos, extendiendo la mano cuando fuimos a pagar y a vista de pájaro, encontrase sorprendida a su vez una de las antiguas monedas de cinco pesetas entre el revoltillo de monedas que sostenía en el cuenco de la mano una de mis compañeras de mesa. (…) Con el Viento llegamos y con el Viento nos fuimos, dejando atrás versos ya casi olvidados de poetas y el reflejo de la Luna sobre el Duero.

LUGO Y ASTURIAS

Ruta: O Cebreiro – Playa de las Catedrales – Lugo – Taramundi – Santa Eulalia de Oscos – Castro Vilanova – Mondoñedo – Rinlo – Ribadeo – LUARCA – Samos – Sarriá – Puertomarín

(2 de mayo de 2023)

La Guía pulsó los datos en el GPS y lo fijó a la Luna del cristal. Debí de quedarme adormilada porque lo siguiente que ví al abrir los ojos fué un torreón en lo alto de un cerro y a sus piés un pequeño pueblo. Tras girar una curva se escondían las ruinas de una antigua ermita, sólo visible para el ojo avezado de los conductores. Y según avanzaba el recorrido un caballero con armadura de piedra guardaba la carretera desde la mediana, un antiguo toro de Osborne se escondía entre los árboles y Astorga nos saludaba a los lejos. Luego el paisaje se tornó de forma casi inadvertida de un verde intenso anunciando la llegada a destino. Intentado ampliar mi información sobre el viaje, los expertos explicaban que toda aquella zona había sufrido una gran despoblación durante décadas, emigrando la gente a lugares lejanos ó zonas más cercanas buscando mejores perspectivas laborales. El rango de edad de la población era alto y las escuelas en las zonas de interior no siempre se llenaban.

El punto de partida era la aldeita de O Cebreiro, inicio del Camino de Santiago francés en la región. Mi esperanza estaba aún en que por la época del año la zona no estuviese ya masificada de turistas. A pesar de ser aún temprano la pequeña población estaba llena de visitantes paseando entre la ropa tendida frente a las casas y los dientes de león. Las casas de la aldea estaban cubiertas por enormes sombreros negros, y un antiguo hórreo había sido reconvertido en tienda improvisada. En las tiendas de artesanía y a pesar de lo pequeño del lugar podían encontrarse conchas de vieira adornadas, postales, bolsas de cuero,y llaves y talismanes para quienes comenzaban el Camino.

Antes de acabar el día y con la bajamar teníamos que visitar la primera de las catedrales. Estaba en una de las playas, con el Cielo por cúpula y varias capillas formadas por rocas que mantenían las puertas abiertas a los visitantes, numerosos a esa hora. En la parte superior de las rocas podían verse pequeñas bóvedas. Las naves estaban formadas por las huellas de los caminantes, y había bancos de piedra para descansar y pequeñas lagunas formadas por la marea. El sonido suave de un mar sin oleaje se filtraba entre el murmullo de fondo de la gente, que esperaba a ver cómo subía el agua e inundaba los arcos y puertas de aque templo natural.

La siguiente catedral nos esperaba en Lugo. El paso del tiempo hizo que de la roca hierta acabasen brotando flores silvestres y de las paredes de los edificios, colores. Si un dia la muralla se levantó para fortificar la ciudad,ahora había permanecido para protegerla (∞). Podía recorrerse en su parte superior, quedando a un lado el Románico, dentro del casco histórico, y extramuros los dibujos en los edificios de

Grupo de pandereteiras. Lugo

Julio César, heroínas y animales dando vida a la parte nueva de la ciudad Hicimos un largo recorrido, desde Ed Sheeran a los Scorpions, pasando por la música celta de fondo. Y también largos trayectos de carretera, donde las cigüeñas y madreselvas vivían en los postes de madera del Teléfono y las vacas descansaban en las veredas del camino.

A primera hora de la mañana del domingo las terrazas esperaban a los habitantes de la ciudad. El ambiente respiraba calma. Pude ver la catedral, con su variedad de estilos, y zíngaros con pandereta ¡¡¡ Zingaros, sí, (la de Madrid perdida en Lugo...) Y es que hay gente que al traje regional le da un toque personal y bohemio¡ Apareció entonces la Guía y nos dió tiempo a tomar un café junto con otros compañeros de viaje antes de continuar.

El paisaje brumoso, la luz matutina de aquellos parajes ó quizás un factor cultural habían hecho que aquella zona fuese, tiempo atrás y durante siglos, un lugar dado a creer en hechizos y sortilegios. Pero al auge de las comunicaciones y especialmente el que la gente pudiese residir en otros lugares habían hecho que el fenómeno con el tiempo se esfumase.

En Mondoñedo el sol iluminaba el día. Las terrazas estaban llenas y era la fiesta de As Quendas en el pueblo. ...as meigas agocháronse detrás dos seus caldeiros vendo chegar a tanta xente ... y las Vespas esperaban a los feligreses a la salida de misa.

De las aguas verde turquesa de la Playa de las Catedrales pasamos al azul marino intenso de Rinlo y Ribadeo. Y a un puente que nos transportaba a Luarca. Allí un pequeño paseo marítimo aguardaba a propios y viajer@s y una antigua fotografía adornaba el paseo recordando a las mujeres trabajadoras del mar.

Y me faltó tiempo para poder pasear más despacio por el Monasterio de Samos, con su claustro y su antigua botica. Y sus paredes llenas de dibujos y color. Habitado por monjes benedictinos, daba aún cobijo a los caminantes hacia Santiago para pasar la noche allí. ...Y para pasear por bosques y cascadas, para ver las panaderias de Sarriá, para tomar el café más despacio en un puerto de interior como Portomarín. Para escribir las historias del gato que huia a hurtadillas una mañana, del cementerio con vistas al mar y de la visita a la cárcel modelo. La de la buena estrella y la de la fotografía que no pude tomar. En un época de escaparatismo, de Instagram y de filtros de luz, si vas a Galicia debes estar atent@ porque allí hay cosas que son aún de las «de verdad».

EL INTERIOR DE VALENCIA

Ruta: Jumilla – Bocairent – OntInyent – Anna –
Salto de Chella – BOLBAITE

(11 de junio de 2023)

«El secreto está en el agua»
(recomendación para hacer una buena paella)

Perdone, yo no tomo alcohol, ¿Habría café descafeinado?
– No …, aquí café no hay.
¿Y algún refresco?
– Sí. Sígueme.
Sólo un instante antes los visitantes se reunían en torno
al joven enólogo, que les explicaba como el vino dormía en
el silencio de las bodegas, alejado del oxígeno y la luz. Le
preguntaban por la «lágrima» del vino deslizándose dentro
de la copa, qué era el cuerpo, qué los taninos … Los barri-
les tenían por fuera escrito el nombre de la parcela de la
que provenían. El joven les explicaba lleno de vitalidad cuál
era el mejor vino para cada comida, qué blanco ó afrutado
escoger. La charla terminó con un aplauso y cuando todo
el grupo subió las escaleras la bodega volvió a quedar en
el silencio inicial, como si nadie hubiese pisado jamás allí.
Durante el trayecto antes de la llegada,las amapolas eran
unas veces dibujos de patchwork sobre el terreno y otras

flores furtivas en los cultivos. Pensé que encontraríamos una autovía atestada de vehículos. Era sábado por la mañana, se preveían treinta grados de temperatura máxima y era el fin de semana ideal para una escapada. Ya me temía que apareciesen los trailers, camiones, las autocaravanas, los autocares con las señoras mayores …. todas hacia Levante ¡¡¡¡ pero en un punto del recorrido el Guía le dió una indicación a la conductora para desviarse por una carretera comarcal y a partir en entonces la visión empezó a cambiar.

La visita a la bodega había sido una antesala obligada. Nos aguardaba el primer puerto del viaje: Bocairent, al sur de Valencia. Situada en un valle, la población emergía a la superficie como una pequeña isla. Google respondía que habia sido una antigua fundación de la cultura beréber en el siglo XI (?), y no sé si por el tipo de terreno ó porque el paisaje les recordaba a su lugar de origen construyeron casas en las piedras y graneros para esconder cereales en las rocas. Me vino a la cabeza la imagen del Planeta Taooine de Star Wars, con la casa de Ben Kenobi y los Jawas (…).

Para llegar a la plaza principal había que atravesar un arco. Las casas estaban dispuestas a diferentes alturas, acomodándose a los desniveles del terreno. Desde ahí partía la «ruta mágica», que circunvalaba todo el casco histórico. Escaleras, pasarelas,… (burritos)…,callejuelas, plazas y pendientes. Olía a higueras, y a flores, y a hiedra y limoneros de luna, y adornando las calles había faroles para que nunca hubiese oscuridad. Coronando la ruta al final del recorrido había una iglesia. Hicimos una parada para tomar algo y el Guía nos dijo que teníamos que proseguir el viaje.

Ruta del Pou Clara en Ontinyent (Valencia)

«…Se oía desde lo alto el sonido azul del agua. Había
que descender por una escalera para llegar a la
laguna, y allí la temperatura era fresca y el aire
palpitaba a limpio. Comencé a caminar más despacio y
los minutos transcurrieron también más despacio
conmigo. Había gente descansando y protegiéndose de
las altas temperaturas de esas fechas, del calor, del
ruido, del cansancio, de las obligaciones diarias.
Protegiéndose de lo que les producía angustia y les
acuciaba cada día. Y todo el cañón del río respiraba
también más despacio con ellos. Guarecidos entre las
paredes de roca, allí nadie nos encontraría, porque
habíamos encontrado por fin un puerto seguro. Los
habitantes (aunque sólo fuera por unas horas) de aquel
oasis, dormitaban junto a la corriente, saltaban al
agua desde las rocas y buscaban en secreto el
silencio, ó amoldaban sus cuerpos a las rocas para
descansar mientras fumaban shishas (la adolescencia se
aventura a todo…). Las horas de la tarde avanzaban
esquivando a Google y los móviles se escondian de las
redes» (…………).

El camino continuaba con una nueva poza, y después
el paraje aparecía salpicado de color y flores. Tomé una
fotografía de un rebaño de ovejas. El pastor y su perro
estaban sentados bajo un árbol próximos a ellas y sólo eran
perceptibles al pasar cerca. El grupo de viajer@os urbanitas
tenía que sortear al rebaño por un pequeño sendero, que
delimitaba a los que tienen su tiempo contado y no pueden detenerse y los que permanecen por siempre. Había
naranjos, frutales, olivos, vides…el gato me miró impasible

mientras descansaba subido a uno de los olivos y tuve que acelerar el paso para poder llegar a tiempo al siguiente punto del trayecto. Había que estar puntual en la cena.

A Ontinyent (Onteniente) llegamos al atardecer. Celebraban la fiesta de –Les Gegants– para conmemorar el Corpus que había servido de preludio días antes. En un bar del pueblo había de cena picaeta, con seis platos a degustar. Siendo vegetariana, mis compañeros de mesa y el resto de comensales dieron buena cuenta de todo lo demás: huevos rotos, embutidos a la brasa… el bar se llenó de voces a media voz y alguna carcajada con picaresca (siempre tiene que haber alguien…) y tuvimos que retirarnos para un nuevo madrugón a la mañana siguiente.

La Luna brillaba en menguante ☽ de manera ténue, como un candil que ilumina el cielo con luz suave para no despertar a los demás.

Anna era un pequeño pueblo que escondía dentro de sí un palacio árabe y enormes bosques nunca conquistados. Habían remodelado el edificio y los viajeros podían recrearse tanto en una sala del siglo XII amueblada y decorada por artesanos marroquíes, como pasar en minutos a un bello salón del siglo XVIII donde las lámparas de cristal hacían de prisma con la luz que entraba por los ventanales. Y además Anna escondía agua … agua en grandes cantidades…lo que le habían traído más de un quebradero de cabeza. Y una albufera teñida de verde por los árboles que se asomaban a ella y que protegían a los paseantes que visitaban el lugar para pasar allí el día.

Luego un mirador suspendido en el aire con una enorme cascada…, y faltaba aún por visitar la piscina natural de Bolbaite. El espacio era mucho más abierto que en las lagunas anteriores¡ El agua repicaba sobre la roca como las campanas de las iglesias. La costa quedaba lejos y había un montón de gente bajo los toldos y merenderos. El ambiente era festivo (de domingo), y había que aprovechar el tiempo libre al máximo.

El Guía nos dijo que disponíamos aún de una hora antes de regresar. No había hecho antes aquella ruta y se habia guiado por la experiencia, la intuición y lo que otr@s habian recogido y plasmado de viajes anteriores. No era un trayecto aún muy explotado y decidimos guardar el secreto del lugar. Buscamos una terraza para tomar algo antes de partir. El calor era apremiante y el viaje además duraría varias horas. Me separé unos metros del resto de los viajeros para sentarme en un lugar tranquilo y recoger algunas notas. No había prisa: aún quedaba una hora.

«... aún nos queda una hora...Hemos encontrado un puerto seguro donde refugiarnos. Un mundo no menos que inquietante se abre ante nosotr@s y avanza de forma inexorable, pero aquí nadie podrá encontrarnos. Amoldaremos nuestro sueño a las rocas para descansar, y el sonido del agua nos protegerá del ruido. Saltaremos desde lo alto y podremos respirar despacio. Este lugar nos protegerá... porque aún tenemos una hora de tiempo...»

WHATSAPP

11 de junio de 2023

Buenas noches, ¿qué tal estás? :)
Estoy de vuelta del viaje que te comenté.
No he hecho muchas fotografías pero creo
que algunas han quedado bien.
Hay anotaciones que no he incluido en el material
inicial y que he guardado en cuadernos y libretas
aparte.
Me gustaría que hablásemos de ello cuando podamos
reunirnos, y así me contáis más del viaje que habéis
hecho a Cádiz.
Esta noche estaré de regreso en Madrid.

REFERENCIAS BIBLIOGRÁFICAS

1. Anclademia: ¿qué son las cartas naúticas y para qué sirven? (2022).
2. avilaturismo.com Catedral de Ávila.
3. Las Merindades, o el origen de Castilla. Revista VIAJAR (2020).
4. Málaga Turismo.es. Origen de la Calle Larios.
5. Fundación «Las Edades del Hombre».
6. Turismo Valle del Jerte.
7. Ayuntamiento de Toledo. Puertas de acceso a la ciudad.
8. Toledo escondido. Las gárgolas de San Juan de los Reyes.
9. Ayuntamiento de Ágreda. Sobre su Historia.
10. Turismo de Galicia. Ciudad de Lugo.
11. Qué ver en Valencia Ciudad y en sus alrededores (Marzo, 2022).
12. Valencia Secreta. El Palacio de los Condes de Cervellón (2021).
13. Vall d'Albaida. Ontinyent turismo.
14. Nautalia Viajes.

ÍNDICE